KB076153

잎새의 고백

잎새의 고백

초판 1쇄 인쇄 | 2015년 10월 10일
초판 1쇄 발행 | 2015년 10월 24일

펴낸이 | 전재영
지은이 | 김영임
디자인 | 유성종
펴낸곳 | (주)예모

등록번호 | 제 455-2015-000001호 (2015년 05월 14일)
주 소 | 충남 금산군 남일면 사사길 9, 203호
　　　　　　 T. 041)751-4491　　F. 041)751-4490

총 판 | 예영커뮤니케이션
　　　　　　 T. 02)766-7912　　F. 02)766-8934

ISBN　979-11-956146-0-8　03810
©Yemo, 2015

값 10,000원

잘못된 책은 구입하신 서점에서 바꾸어 드립니다.

잎새의 고백

◎ 예모

차 례

첫번째.
봄

두번째.
여름

세번째.
가을

네번째.
겨울

다섯번째,
잎새의 고백

저자의 글

비를 머금은 오솔길에 소나무는
잎새 끝마다 작은 보석을 촘촘히 물고 서있고
가을 산등성이에서 오묘한 빛으로 피어 오르는 연기는
이른 아침부터 내 영혼을 춤추게 합니다.

형언 할 수 없는
신비롭고도 놀라운 창조주의 솜씨,
매일 새로운 손길로 다듬어진
비밀의 통로를 오가는 작은 자는
눈길이 머무는 곳마다
살아계신 그 분을 호흡합니다.

당신만이 물들일 수 있는 태초의 빛깔들
놀라운 우주의 신비는
봄에서 여름으로 가을로 겨울로
쉼 없이 내 영혼을 촉촉하게 적시는 근원입니다.

비 내린 아침 솔밭 오솔길에서 麗璘

추천사

    우선 려린(麗璘)의 시는 '하나님 가슴의 언어'들로 가득 합니다. 내밀한 시어 조차도 완곡한 사랑의 다른 표상을 읽기에 넉넉 합니다. 자연을 관조함에 있어서도 따스한 고백이 젖어 있습니다.

    선명한 언어의 조합에서 자기를 낮추는 겸손을 불편하게 생각하지 않습니다. 시에서 불의한 교만이 보이면 인격의 부실함 입니다. 섬세한 표현, 수려한 글 맵시, 간명한 전달이나 함축미가 압권입니다. 시를 읽는 이와 교감하려는 배려와 따스함을 느끼기에 충분합니다.

    려린이 '거미줄의 비밀'에서 말한 바

'새벽을 타고 온 안개비'는 절대 순결의 표현, 기다림과 맑은 마음이 단아하기 이를데 없습니다. 려린의 시 전체가 작은 우주의 체험장입니다. 그리고 이 아름다움을 새로운 메시지로 직조 합니다. 시를 마음에 가까이 하면 금새 청아하고 세밀한 하늘의 음성이 들립니다. 자연을 가슴처럼 껴안고 살아가는 투명한 시선의 결과입니다.

'진주빛 사랑' 은 려린의 남편 소아에게 드리는 시입니다.

'언제 부턴가 그대는
내 가슴에 길을 만들고
그 오솔길로 다녀 갈때마다
그리움의 언저리에
동그란 아픔이 둥지를 틀어'

순결한 그리움의 형성화는 한 폭의 그림, 시가 지니는 독특한 언어의 얼개만이 가능한 표현입니다. 려린의 시는 찬란하지 않아서 고즈넉한 연못의 엷은 물살 같습니다. 호령하지 않는 고요한 당부입니다.

려린은 목회자의 아내이며 음악가, 교육자, 예술인 그리고 열정적인 민속학자 입니다. 시인 려린의 삶은 민족을 향한 절절한 사랑으로 수 년에 걸쳐 정성껏 아끼고 모아 간직한 민속 품에서도 드러납니다. 민족의 다음 세대를 양육하기에 어버이 마음을 지닌 교육가이며 젊은이의 멘토입니다.

시는 곧 삶입니다. 삶을 시로 빚어낸 고백입니다. 려린의 시는 현란한 언어의 유희나 단순한 감성 에너지의 지적 나열을 넘어섭니다. 한 사람의 치열한 고백이 절제된 언어의 형식을 빌릴 뿐입니다.

려린의 시에서 무엇보다도 하나님의 임재를 체험합니다. 삶의 고백이기 때문입니다. 담백한 고백이 힘입니다. 시를 잃어버린 삭막한 세상, 치유와 회복의 열매를 기대합니다.

려린의 시는 하늘 언어이기에 하나님 편지입니다.

어깨 동무 사역원

여촌 **이승종**

첫번째. 봄

부드러운 능선을 오를 때면
발길을 따라 그대 체온이 스며옵니다
포근한 솔바람 내 어깨를 가만히 감싸면
향그런 그대 내음이 전해옵니다

-고백 中-

고백

부드러운 능선을 오를 때면

발길을 따라 그대 체온이 스며옵니다

포근한 솔바람 내 어깨를 가만히 감싸면

향그런 그대 내음이 전해옵니다

눈을 감고 걸어도 눈을 뜨고 걸어도

밀물처럼 밀려오는 바다만한 사랑

어느 것 하나 그대 손길 아닌 것 없어

그대 안에 숨 쉬는 작은 자임을 고백 합니다

행복한 날에

시냇물은 화음을 만들어
합주하며 흐르고
들꽃은 은은한 향기 날려
유년의 추억에 취하게 하고
노을은 고향의 보물 창고를 열어
소녀의 감성을 살짝 꺼내준다
바다는 온통 평온함으로
낭만 가득한 노래를 흥얼거리고
별빛 쏟아지는 밤은
그리움의 물결이 발끝까지 찰랑여
달빛은 희미해도 밝아도 좋은
마음에 여유가 흐른다
내가 행복한 날은 아름다운
마음의 안경으로 온 세상을 본다

봄바람

아기의 피부 같은 새싹들을 쓰다듬고

피어나려 안간힘 하는 꽃들에게

부채질하여 살며시 베일을 벗겨준다

능선의 곡선처럼 부드러운 봄바람은

솔잎사이에 몸을 걸어 쉬어갈 때도

깨어나는 봄 싹들 낯가릴까 봐

말소리도 소근소근

발걸음도 사뿐사뿐 지나간다

아지랑이

잠자고 있던 꿈들이

산모퉁이에서

아랫마을 냇가에서

바다로 이어진 벌판에서도

수정 같은 옷을 입고 하늘거린다

달려가도 잡을 수 없는 신기루

맑은 눈을 열어야 볼 수 있는 요정들은

봄을 느끼게 해놓고 살며시 사라진다

목련

솜털 돋은 여린 온몸으로

봄바람에 속살 틔우는 고통을 넘어

봄을 알리는 선구자

우유 빛이 감도는 도도한 우아함

순결한 봄의 여신 앞에

발걸음이 머물고 혼이 흔들린다

고운 자태위로 늦은 봄비 내려

자아내던 탄성 소리 사라지고

고귀한 신분 비워내는 아픔

낮은 자리로 임하는 외로움

대지는 넉넉한 팔을 벌려 그를 안는다

매화

보채는 봄바람에 속살 풀어내고
배시시 웃고 있으나 속울음 우는 여인

그리움이 일렁이던 간밤의 뒤척임은
수만번 파도를 넘어도 흥건한 물거품

곱사레한 송이마다 열린 핏빛 아픔들이
이른 햇살의 다독임으로 사그라들고 있다

개구쟁이 봄비

소곤소곤

들려오는 작은 속삭임

사뿐사뿐

다가오는 발자국 소리

간질간질

한낮 짓궂은 간지럼에

하하 호호

꽃 봉우리 웃음 터트리면

살금살금

도망가는 개구쟁이 봄비

벚꽃

봄바람 연주하는 봄날엔

하얀 나비 떼가 날아와

나풀나풀 봄길 위로 춤추며

기다란 꽃 다리를 만든다

이 고운 길로 누가 오려나

햇살이 숨어서 중얼거리는데

어느새 파란 이파리가

고개를 쏙 내밀고 있다

개나리

밤새워 별님 달님과 놀고 왔나

얼굴도 노랑 옷도 노랑

쳐다보던 앞마당 병아리도

자꾸만 노랗게 물들어가고

별님 달님 병아리 모두

노랑 개나리네 한 가족 되었네

진달래 아씨

발자국 소리 콩콩 들려오면

옷고름 입에 물고 문 뒤에선 새아씨

동그란 얼굴이 수줍어 고개 숙이면

봄 동산엔 진분홍 연분홍이 물들어간다

사랑의 마술사

때론 쓰다듬고

때론 어루만지고

때론 부드럽게

때론 소근 거리며

사랑에 빠지게 하고

묘약에 취하게 하여

끝내 꽃을 피우는

사랑의 마술사 봄비

엄마의 화원

꽃밭에 서봅니다

한 개씩 피어나는 꽃송이를 보며

기뻐하는 엄마의 모습이 보입니다

맏이부터 막내까지 이름을 지어놓고

네가 있어서 행복해라고 말합니다

엄마의 화원에 제일 예쁜 꽃

소중한 이름 영임이입니다

엄마 닮은 찔레꽃

팔 남매 묵은 옷 벗겨내고
살포시 내리는 봄비에 목욕시켜
살그래 봄볕에 말리고 있네
새근거리며 잠든 아기
꿈나라로 여행을 떠나도
간절한 눈물의 기도는
오늘도 변함없이 올리고 있네

하얀 꼬까옷 입는 오월에는
부는 바람에 행여 넘어질까
울 남매 행여 누가 넘겨 볼 새라
망보는 자리는 조금 높은 언덕배기
까치발 들고 밤 낮 자식들 보듬어
가는 허리 자꾸 자꾸 휘어져만 간다네

라일락

세차게 흔드는 바람에 못 이겨

가슴을 조금 열어 놓고

작은 틈 새로 향기를 흘리는 너

봄 가를 드나드는 보라 빛 나비되어

몽롱한 그리움에 젖게 해놓고

아련한 첫사랑 찾아

끝없는 들판으로 달려가며

속 내음을 흩뿌리고 있다

보석 별

자수정 방울들이 까만 벨벳위로

하나 둘 얼굴을 내밀더니

연인들이 소근 소근 이야기 밭을 갈아

얼마나 많은 별똥별의 비밀을 쏟아내었기에

산골 마을 외딴집 항아리 안에

보석을 가득 가득 채워놓았네

아카시아

한풍이 닥치는 겨울
추위와 서러움에 떨며
긴긴 날을 홀로 선 외로운 길손
앙상하게 드러난 초라한 몸매
뾰족이 돋은 가시로 인해
친구가 없어 늘 고독한 너

나직하게 들려오는 봄비 소리에
연두 빛 고운 옷 입고
신록이 숲을 이룬 오월엔
순결한 흰 바다에 꽃물결 이루어
고귀한 향기로 천지를 호령하며
꿀 창고 열어놓고 내어주는
인심도 넉넉하고 귀하여라
어미 새 둥지를 틀어 알을 낳고
지친바람 기대어 낮잠 재우며
친구들의 편안한 쉼터가 되어주는
숲속 섬김의 여왕 아카시아

아기 별

멍석에 누워 올려다보면

나를 똑바로 쳐다본다

그 모습이 귀여워 내가 웃으면

나를 따라 웃고 있다

입을 쭉 내밀고 슬퍼하면

삐쭉거리며 곧 울 것 같다

오늘밤 내가 만난 따라쟁이는

두 살 박이 재롱둥이 인 것 같다

새벽 안개

첫 새벽 열차에 살포시 오른 신부

어스름 차창 밖으로 은빛 꽃씨를 뿌리다

간이역의 기적소리에

발자국 촘촘히 내려딛고

길게 드리운 면사포 사이

하얀 얼굴이 고개를 들면

동쪽하늘에 문이 열리고

기다리던 신랑이 고개를 내밀어

따스한 손길로 그를 맞이한다

할미꽃

자주 빛 우아한 자태

촉촉하게 젖어있는 눈가는

긴 밤 그리움이 맺힌 흔적인가

밤새 스민 이슬 하늘한 몸에 젖어

이른 아침 은빛에 감겨 반짝이면

슬프도록 아름다운 너의 모양

가슴의 묻어둔 이야기 말할 듯

떨리는 가슴 몸부림 하다

다시 고개 떨구어 흐느끼고 있구나

빗방울

한올 한올 아스라한 추억을 몰고와

하늘과 대지 사이로 줄을 이어놓고

수줍은 바람에게 연주를 맡긴다

저마다의 빛깔과 다른 소리들이

쪼르르 하프의 현에 매달리면

아름다운 빗방울의 하모니

물보라 되어 멀리 번져나간다

부끄럼쟁이 이슬

파아란 이파리 잠에서 깨면
목욕하고 머리감고 세수하라고
수정물 조랑조랑 매달아 놓고

노랑 빨강 꽃잎이 외출갈 때에
연지 곤지 예쁘게 화장하라고
밤새워 향기를 만들어 놓고서

고맙다고 머리 한번 쓰다듬으면
얼굴이 빨개져 금방 사라지는
착하고도 부끄럼 많은 아침 이슬

병아리 가족

뽀롱뽀롱 물먹는 꽃부리 꽃부리

노랑노랑 춤추는 별떨기 별떨기

앞마당 병아리떼 포롱포롱 달리고

아기별들 사라질까 꼬닥꼬닥

발걸음도 바쁘게 뛰는 엄마별

높은 나무 위에서 꼬끼꼬끼

망보는 아빠는 큰곰자리 별

밤에는 가족 얼굴 보이지 않아

땅으로 쪼르르 안개타고 내려왔나

꼬닥꼬닥 꼬끼꼬끼 삐약삐약

노랑노랑 병아리 행복한 가족

꽃의 연가

높이 떠있는 그대 바라보면

슬며시 눈물 훔치는 마음 알아

사랑하나 다가설 수 없는 님

밤새워 꽃잎으로 비단을 짜서

그대 지나가는 어스름한 길목에서

두 마음을 잇대어 손을 잡고

밤으로 오가며 긴 꿈을 엮고 있는데

무심한 새벽바람 이른 빗장을 열어

늘 서글픈 이별을 한다

착한이슬

냄새나는 것들을 보듬어 향기를 주고

거친 생각들을 모아 윤기를 흐르게 하니

어둔 곳에서 수군대던 바람도 뒷걸음질 치고

성급한 아침 햇살도 멀리서

온화한 미소 머금고 기다리고 서있네

꽃들의 다툼도 잠재우고

잎새들의 자랑도 쓰다듬으며

연약한 풀잎 끝에라도 맺혀

맑고 보드라운 사랑으로 다독이는 착한이슬

두번째. 여름

더위를 씻어내는 장대비가
세차게 여름 세상을 흔든다
꽃도 나무도 내 마음까지도
한바탕 지나가는 폭우로 씻겨내면
어린 날의 추억이 손을 붙든다

-추억 中-

산나리

바람이 요란한 오늘도

수풀 속 발길이 뜸한 곳에

수줍던 봉우리 활활 타오르더니

가는 허리 지탱하다 힘겨워 휘어서고

놀러온 햇님은 어느새 석양을 가르니

장난하던 바람도 사라져 고요한데

처음 순결함으로 그 자리에 여전한 자태로

지란지교 언약한 벗을 그리워한지 오래

가슴으로 흐느끼던 커다란 눈망울에

오늘은 검은 울음을 흘린다

추억

더위를 씻어내는 장대비가

세차게 여름 세상을 흔든다

꽃도 나무도 내 마음까지도

한바탕 지나가는 폭우로 씻겨내면

어린 날의 추억이 손을 붙든다

운동장 느티나무 아래 설레임

장미꽃 밭의 소담한 날들과

가르마를 내던 작은 오솔길

동그라미를 그리던 호숫가

그리움의 시간을 몰고 와

잠시 슬프지 않은 외로움에 잠겨본다

안개비

적막을 안고 숲을 헤쳐 나와

소리 없이 새벽으로 오는 울음

가슴으로 촉촉히 젖어들어

눈물샘에 키질을 한다

가야하는 슬픈 아침

하얗게 질린 얼굴들이

아쉬움에 한 줄로 서서

나즉한 시위를 하고 있다

쑥부쟁이

잔잔한 보라 빛 바다에

보석들이 알알이 들어박혀

못다한 사랑이 고개를 숙이고 있다

슬픈 전설을 가슴에 담고 꽃이 된 아이

가난한 살림 여름 넘어가는 길목에서

거느린 식솔 걱정 흐느끼는 소리에

바람도 윙윙 쑥 아이를 따라 운다

단짝 친구

이슬이 조심 조심

거미줄 위로 걸으면

딩동댕 실로폰 소리가 나고

때그르르 구르며

두드리면 붐 붐 붐

마림바 소리가 난다

멋진 악기의 장인 거미

고운 선율을 연주하는 이슬은

호흡도 잘 맞는 환상의 짝꿍

행복한 달팽이

걸음이 빠르지 않아도

매일 최선을 다해

띄엄 띄엄 걸어갑니다

타는 듯 한 여름 볕에

등에 업은 커다란 집이

때론 답답하고 무거워도

내려놓지 않고 가야합니다

느림뱅이라고 손가락질해도

홀로 가는 듯 외롭고 슬퍼도

언젠가 내 등에 짐을 내려줄

당신을 떠올리면 행복하기에

끝 모르는 이 길을 가고 있습니다

박수쟁이 나뭇잎

여름엔 박수만 치는 나뭇잎

시끄럽다 해도 짝짝짝

수다쟁이라 해도 짝짝짝

멋쟁이라고 하면 조금 살살치고

예쁜이라고 부르면 부끄러워

한들 한들 춤을 춥니다

달맞이꽃

옹달샘에 몸을 담그어

생그럽게 피어나는

산꽃이고 싶어요

맑은 샘에 몸을 씻고

순결한 밤을 기다리는

신부이고 싶어요

그대 오시는 밤

마음으로 피어오르던

노란 빛깔의 그리움들을

살며시 그대 앞에 드리는

작은 밤꽃이고 싶어요

칸나

여름의 길목에서 태양만큼이나

뜨거운 심장을 안고 피어올라

누구의 뜰 안에 있어도

고향의 향기가 묻어나는 꽃

앞마당 가득 무리를 지어있던

그 시절의 길목으로 달려가면

언제나 기다리고 있는 사랑의 화신

여전히 포근한 미소로 나를 맞아

지친 눈에는 어느덧 이슬이 맺히고

흐느끼던 나도 빨간 꽃이어라

하늘 가실길이 그토록 바빠

핏빛처럼 강한 사랑을 쏟아 붓고

아리따운 나이에 하늘 꽃이 되어

고운 자태로 기다리시는 당신

엄마의 숨소리가 들리던 그 때처럼

정겹던 어린 날의 추억들이 새록새록

꽃밭 사이를 드나들며 피어오르고 있어요

엄마의 꽃도 나의 꽃도 빨갛게 빨갛게

초등 친구

시냇물 따라 걸어가면
돌다리 건너는 길목에서
그을린 얼굴로 서성이다
조약돌을 슬며시 손에 밀어 넣고
언덕까지 내달려 하늘만 쳐다보던 친구
땟물 묻은 까만 손으로
크로바 화관을 만들어놓고 기다리다
멀리서 내 모습이 보이면
도망치듯 사라지던 친구
무덥던 여름 볕에
말없이 다가와 눈만 껌벅이며
그늘처럼 우뚝 서 있던 친구!
우정이 그리운 오늘은
우연처럼 너를 만나고 싶다

폭우

주체할 수 없는 사랑

자제력을 잃은 시위

끝없는 몸부림

참을 수 없는 오열

퍼부어라

달려가라

풀어내라

통곡해라

새로운 아침을 맞을 수 있도록

냇물

밤새 폭우가 내리더니

굽이 마다 하얀 꽃송이를 피운다

재잘 거리는 아이들의

소박하고 순수한 이야기

송이에 실려 흘러간다

가는 곳이 어디면 어떠하리

발길 닿아 머무는 곳 마다

착한 마음들을 잉태하고

스치는 자마다 맑은 영혼 되어

고운 세상 되면 참 좋으리

아름드리 소나무

태고의 맥
긴 역사의 흐름 간직한 채
바람 쏟아지는 언덕배기에서
수만의 천둥 번개 비 맞으며
백년을 우직하게 버티어
동산을 지켜온 늠름한 기상
수많은 소리 듣고 보아도
커다란 어깨로는 품어주고
자상한 손으로 다독이며
동산의 역사를 이어온 증인
듣기는 속히 하고
말하기 더디 하니
그 입이 무거워 덕을 세우고
안으로 견고하게 스며든 나이테
속 깊은 군자의 모습이어라

비오는 날

창밖에 비가 내리면

내 마음도 유리창 되어

씻겨 지는 저 너머로

유순하고도 맑은

모습을 찾아 나선다

처음 에덴에서 꽃을 따던

아담과 이브의 모습처럼

벌거벗은 마음과 몸

가리지 않아도 부끄럼 없는

소박한 모습들!!

비야 더 오래 내려

내 마음 뽀도독 씻겨진

마알간 유리창 되어

고운 마음들을

더 많이 보고 싶다

착한 이들을 바라보고 있으면

어느새 내 마음도

착한 빛깔로 물들고

순결한 이들과 만나면

내 마음도 순결하여져

어디에선가

창가에 기대선

맑은 눈망울을 가진

뽀드득한 마음에게

내 모습도 담겨지고 싶다

여름 담쟁이

자일을 허리에 두르고

힘있게 암벽을 오르는

막을 수 없는 의지

청년의 기백이 넘쳐

오르다 미끄러지고 굴러도

다시 일어나 또 한걸음 내딛고

끝내 정상을 휘감고 산을 두르는

여름 담쟁이는 용기 있는 등산가

평화

동산에 내리는 그대 숨결

작은 내 어깨 토닥이며

무거운 짐 벗으라 하네

굽이치던 슬픔의 강물

그대 바다 위에 쏟아내니

잔잔한 평화의 물결 이루고

그대와 함께 떠나는

이 아름다운 여행은

영원히 행복한 길이라

작은 새의 노래

초록의 아침 소슬한 바람

솔동산을 살며시 깨우고

그윽히 피어오는 구름안개

내 사랑인 양 온 몸을 휘감는다

동산 안에서 마음껏 지저귀는

지극히 작은 한 마리 새

그대 향해 가장 맑고 청아한 소리로

피 오르는 감사의 노래 부르고 싶다

솔밭 오솔길

아기 다람쥐 사뿐 사뿐 넘나들고

색색의 야생화가 피어있는 길

산딸기 빨갛게 익어 있고

산초열매 얼굴 봉긋이 내밀어

산새 기다리는 길

길 위에 솔잎 폭신하게 깔아 놓고

살며시 내 발을 간질이는 솔밭 오솔길

타는 노을

뜨겁던

열정을

사랑을

그리움을

식힐 수 없어

바다 속으로 빠져 들었나

물결도 뜨거워 몸을 흔들며

여름날의 사랑을 식히고 있다

바닷가

여름 바닷가에 어른 아이 뛰어들면

파도는 휘파람 불며 신이 나서 놀고

갈매기 너울 너울 몸짓도 바빠

흐르는 땀 물 제비로 퐁당 씻어낸다네

훨훨 타던 햇님도 살금 살금 내려와

때그르르 구르며 물장구 짓 하다가

처얼썩 처얼썩 엉덩이를 맞고

놀라 도망가며 내뿜는 숨소리에

여름날의 바닷가는 용광로가 된다

하늘

뜨거운 그대 가슴은 한없이 드넓어

누구에게나 평화와 안식을 주고

한결같은 너털웃음이 참 좋아라

욕심 많은 변덕쟁이 구름은

만 가지 형상으로 재주를 부리고

심통이 나면 소낙비를 불러오는데

늘 그 자리에서 깊고 넓게 보듬으며

진정한 화해와 사랑을 불러오는

너그러운 그 모습은 언제봐도 멋져라

도라지꽃

도도한 봉우리를 올렸던 너는
어느 별의 마음을 담았는가
희미한 밤하늘을 향해 얼굴을 들고
지나간 날들을 헤이고 있다
맨발의 바닷가 갯벌위에 춤추던 날과
고무신 신고 엄마 손에 포개 넣던 작은 손
갯버들 한 아름 안고 건너던 돌다리
그리움의 무게가 무거워도
별을 바라본 날 만큼 고운 자태로 물들고
속울음 울 때 마다 안으로 새겨진 나이테는
지나온 날의 하모니 영원한 훈장이어라

세번째. 가을

떠난 자와 남은 자의 엇갈림이
파도를 타고 메아리로 흩어지며
아쉬움을 갈무리하는 가을밤
애절함이 무르익는 어둠을 넘어
눈물 씻기는 여명이 다가온다

-피리소리 中-

자화상

파랑 실크를 두른 바람이

너울 너울 들판을 지나니

여름 볕에도 당당했던 곡식들은

고개를 숙이기 시작하고

화려함을 자랑하던 단풍잎도

부르심의 때를 기다려

내려놓는 훈련을 반복하고 있다

투명한 하늘아래 비춰진 작은 아이

비단옷을 차려입고 양손에 가득 움켜쥐고도

허기진 모습으로 서있는 너는 누구인가

겸손을 잊어버리고 감사에 둔감하고

나눔에 인색하고 비우지도 못하는

그래서 더 초라한 너는 누구인가

고인 눈물 너머에서 기다림이 손짓하는 가을

파란 마음과 노란 겸손과 빨간 비움이 있는

그 그리움의 텃밭에 엎드리어

내 영혼도 맑은 가을이고 싶다

가을 편지

걸음이 사뿐 거리고

어깨가 너울대며

얼굴도 발그스레

가슴 안으로 노을이 탑니다

풀피리의 아련한 추억을 만지작거리며

달빛 내리는 은물 호수에 얼굴을 비춰보고

조신하게 살랑이는 바람을 벗하며

녹 익은 잎새의 화려한 빛깔은

그대가 주신 가을의 편지 입니다

피리소리

어스름 달빛아래 설움이
보라빛 가슴 안으로 스며든다
떠난 자와 남은 자의 엇갈림이
파도를 타고 메아리로 흩어지며
아쉬움을 갈무리하는 가을밤
애절함이 무르익는 어둠을 넘어
눈물 씻기는 여명이 다가온다

물들고 싶은 가을

하늘은 에메랄드 보석이 되고

앞마당 멍석 위에 누운 고추는

연지 곤지 새악시로 물들어 간다

들녘 바다는

노란 파도로 출렁이게 하고

산등성이는 신비한 조각보를 걸어

오실 님 향해 손짓하고 있네

마음이 바래가는 오후에는

깊이 묻어둔 추억하나 꺼내어

가을 햇살이 지나가는 자리에

살며시 내어놓아도 좋으리라

기러기

매년 시린 날을 골라

꺼억 거리며 날아간다

가는 걸음 아프다한들

남겨진 여운만 하리요

손을 흔들어도 보지 못하고

까만 가슴도 헤아리지 못하며

쓸쓸한 늦가을이 올 때 마다

그렇게 스쳐갈 뿐이다

웃음쟁이 코스모스

실바람 살금살금

간질이는 문턱에서

수줍은

연분홍 하나

하얀색 하나

진분홍 둘

으쓱 바람

어설픈 엉덩춤이 시작되면

연분홍

하양

진분홍

함박웃음들이 피어오른다

그 소리에 놀라 달아나는 바람 뒤켠엔

참지 못하는 웃음쟁이들이

까르르 호호

단숨에 번져가는

물결이 파도를 이루며

꽃 바다를 만들어낸다

나락

멍석위에 나란히 쉬고 있음은

굴하지 않고 살아 온 세월의 흔적

무수한 벌레들의 수난속에서도

혹독한 태양 아래 살갈이 트여도

혼절하도록 불어치던 태풍속에서도

서로 어깨를 기대고 의지하고 서서

넘어질 때 손잡아주며 함께 해온

광야의 날들을 넘어서서

겸손하게 고개를 숙이므로

넉넉한 알곡이 되어

하늘 곡간에 차곡하게 쌓여 있다

물감장수

똑똑똑 문 두드리는 소리

가을비가 물감을 팔러 와서

들녘 창문을 열고는

노란색 물을 들이고

산속으로 난 창문을

조금 열어 빨간 물을 들이고

하늘 창문을 열더니

파란 물감을 마구 물들이고 있는

가을비는 물감장수 인가봐

홍시

숲속의 노래 보듬어 안은
스무살의 설레임
가리운 잎새 사이로
수줍은 얼굴 쏘옥 내밀었구나

여름날 기다림의 문턱에서서
두볼 발그레 물들어 가더니
맑은 가을 햇살에 몸 담그고
안으로 타고 있던 불씨
어느새 노을빛이 되었네

콩당거리는 가슴안고
들켜버리고픈 오늘
연지곤지 찍고 기다리는데
철없는 신랑은 언제쯤 오려나

낙엽

만날 이들을 그리며

긴 밤 편지를 씁니다

새벽을 알리는 바람 소리가

차갑게 창문을 두드리면

쓰다만 편지를 두고

여미었던 잿빛 가슴 풀어 헤치고

눈물 닦아 줄 친구가 기다리는

영원한 길로 가렵니다

소나무 할아버지

바람이 놀러온 아침

소나무가 몸을 흔들어

사락사락 황금비를 내린다

철부지 아기 다람쥐

이리저리 뛰어 놀며

알밤 주우러 가라고

하늘에선 가을비를 더하여

오솔길이 촉촉해지고

폭신한 양탄자가 깔려간다

마른 은행잎

추억의 통로로 가는 작은 길목에서면

책갈피에 끼워둔 마른 은행잎하나

마음에 가득 담았던 우정의 얘기를

조근 조근 풀어 놓는다

졸음에 끄떡이는 나를 재우던 바람이

몸이 추울 때 안아주던 햇님이

까만 밤에 은은한 등불을 주던 착한 달님이

소곤소곤 비밀 이야기를 들어주던 별님이

고운 빛깔을 만들어 준 좋은 친구들 그리움에

마른 가슴이 시려온다고 울먹인다

담쟁이

비단 한복을 차려입고 담장위에 올라

가야금을 뜯고 있는 우아한 자태

지나간 세월이 노랫가락에 젖어들어

고요한 여운이 열두 줄을 넘나드는데

옷고름 입에 물고 수줍던 그때처럼

붉게 번지는 그리움이 볼을 타고

아롱아롱 속삭이며 타올라

늦가을로 가는 담쟁이

가을에는

가을에는 슬픈 노래를 부르지 않으리

지나온 날들에 빨간 그리움을 떠올리고

노란 추억을 더듬으며 조용한 미소를 지으리라

연륜이 묻은 어깨는 좁아져가고

휘청거리는 다리에 숨소리 가빠와

비록 행보가 짧음을 감지할 지라도

슬퍼하지 않고 넉넉한 웃음을 지어내리라

둘이 하나로 손잡아 외롭지 않은

더 고즈넉하고 평화로이 이어지는 길에서

우리의 가을에는 감사의 고백이 흘러나와

커다란 웃음이 되고 기쁜 노래가 되리라

강변누각

다리를 받쳐 든 기둥 아래로
펌프질 하는 불빛이
누각을 안고 돌며 물위를 춤춘다
연인들은 신비한 마술에 취하여
눈물을 뿌리고
사랑을 노래하고
내일을 만들어 간다

수많은 밤을 그 한자리에서
명멸하는 불빛에
온 몸을 맡기고 흐르고
시인은 한잔의 술에 마음 달래어
추억의 시를 쓰게 하고
아낙들은 깊은 한숨을 꺼내어
그 발아래 묻어두고 총총히 떠나가게 한다

예쁜 여행

앞 뒷산 나무에 단풍이 들고

내 마음에도 비단이 깔려

곱게 난 그 길을 따라

가을 여행을 떠나본다

예쁜 안경을 쓰고

착한 마음을 열어

소박한 이웃들과

눈길이 마주치면

조용히 미소를 나누며

욕심 없이 나선

가을 여행이 참 좋아라

거미줄

아무도 모르게 비단 실을 뽑아

밤새 놓은 자수위에

새벽을 타고 온 안개비

살포시 내려앉아 은쟁반이 되고

지새운 그리움이 모여 영글은 이슬

마알간 구슬 되어 맺혔네

순결한 덫에 내린 은빛 개비

사랑의 덫에 달린 은구슬

알알이 걸린 고운 풍경은

이른 아침 내걸린 숲속의 비밀

알밤나무

하늘에 탯줄을 잇고
가시 울타리안에 아기집을 숨겨
한올 한올 키워온 분신
침을 뽑아 세우는 말벌에게
행여 자식 다칠까 맘 졸이고
태풍이 휘젓고 가는 날이면
스러진 아이를 가슴에 묻으며
안으로 빚어온 조바심의 날들
하늘은 부산한 구름을 잠재우고
쓰르라미 화음도 은은히 퍼지는 날
기다리던 갈 빛 만삭이
푸드득 순산의 기쁨을 시작하고 있다

89

초생달

조용한 달님
은빛 나래 달고 와
고은 미소 지으면
어두워진 세상은
소망의 무늬로
곱사란 수를 놓아간다

풀잎에 꿈을 심는
산골 소녀와
외로움에 눈물짓는
가난한 이웃들에게
속삭이듯 들려오는
다정한 목소리

아직도 불러야할
이 땅의 노래 있음에
손에 손 마주 잡고
밤을 헤쳐 가자고
입가에 미소 지으며
꿈을 심어주는 초생달

욕심

맑은 가을 하늘에 구름은

쉬임 없이 흘러가면서

그림을 그리고 지우기도 한다

유명한 작가의 그림보다

더 귀하여 오래 보고파도

주저 없이 비우고 흘러 보낸다

언젠가 하늘 나팔 들려오면

빈손으로 떠나야 하는 우리도

놓지 못하는 가득한 욕심을

하나씩 흘려 보내는 노력을 해야겠다

남은 날

가지 끝에 머무는 시간이 길지 않아도
선한 이웃들을 생각할 수 있고
아직 나의 삶을 드릴 시간이 남아있어
오늘도 예쁘게 물들어가고 있습니다

푸르른 날들을 지나오며
훨훨 타는 열정과 사랑을 품도록
여전히 비춰주던 따뜻한 태양과
때론 이별의 아픔을 주나 위로해 주던 바람
고독한 밤 은은히 어깨를 감싸주던 달님
눈물 날 때 함께 울며 내려주던 빗줄기

많은 친구들에게 빚진 자인 나는
남은 날은 고맙다는 인사를 더 많이 하고
떠나는 날은 더 곱고 아름다운 뒷모습으로
누구의 가슴에라도 그렇게 남고 싶습니다

거문고

떠나는 가을이 저만치서

치마 자락을 잡고 서있다

여덟 가닥으로 난 오솔길을 따라

만 가지 애절한 그리움이 그네를 타고

구슬픈 가락에 매달려 오르락 거리는데

백아절현의 비통함으로 그 한 벗을 부르며

차마 이별하지 못하고 남겨진 노래는

밤이슬로 흠뻑 젖어 너울 짓하며 운다

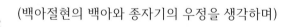

(백아절현의 백아와 종자기의 우정을 생각하며)

가는 길

고즈넉이 드리운 비단길
그 자태가 너무 고와 슬퍼라

아득한 날을 하루같이 돌아와
그리움으로 출렁이게 해놓고
수평선 너머 만날 님을 위해
인내로 충성으로 절제로
외롭게 가야만 하는 오직 한 길

바다는 잔결 흔들어 배웅하고
갈매기 아쉬움에 너울 짓하는데
노을은 고운 뒷모습을 남긴 채
고요하게 사라져간다

다름이 좋은 살살이 꽃

하얀 빛깔이어도 좋고
연분홍이라도 좋다
진분홍 옷을 입었어도
하늘 거울에 비추이면
다름이 더 맑고 예쁜 살살이 꽃

흔드는 바람에 쓰러져도
서로가 손잡아 일으켜주며
모양도 언어도 똑같지 않으나
너희 안에 영혼이 살아 숨쉬기에
그 생명으로 더 아름다운 하나이다

시냇가 고마리

하늘 별자리를 닮은 저들은

어느 별에서 내려온 떨기일까

이야기도 작은 소리로 소근 거리고

오동통한 팔에 젖 내음도 가시지 않은

별나라 어느 가문의 아기들일까

가을 시냇가에 내려와

언니 손 꼭 잡고 서있는

겁 많은 어린 아이들

반짝 반짝 빛나는 맑은 눈동자

별사탕처럼 앙증맞고 사랑스러워

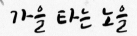

가을 타는 노을

구름 속에 있어도
빗줄기에 안부를 전하고
행여 눈송이라도 날리면
하얀 쪽지를 들려 보내며
잔잔히 위로하던 오랜 친구

그 빛이 너무 찬란하던 날은
다가설 수 없어 발 구르며
가슴 앓이 하는 바다를 다독이고
묵묵히 한 길을 걸어갔는데

가을이면 그도 눈에 실핏줄이 솟고
돌아서서 굵은 눈물을 쏟아
수평선에서 더 찬란한
사랑 꽃이 활활 피어오른다

겸손의 교훈

인내의 시간을 지나온 봄 싹들은

수줍다고 고개 숙여 나오고

태양아래 연단한 가을 알곡은

채운 것이 없다고 고개를 숙이는데

내세울 것 없는 자는

목이 곧게 위로만 향하니

곧 다가올 겨울을 위하여

가슴 여미며 고개를 숙여야 하리라

네번째. 겨울

그리움 가득
안으로 삼키다
터질 것 같은 가슴
숨길 수 없어
산등성이 위로
두둥실 떠오른 얼굴

-만월 中-

마음속 벽난로

마음을 쪼이는 벽난로 하나

가슴에 묻어두고 싶다

가까이 하면 응석 어린

눈물이 주르르 흐르고

세상살이 한숨과 아픔도

양지의 눈처럼 녹아내리고

욕심으로 굳어진 이기심이

나눔의 삶을 배워 가리라

마음이 시린 이 겨울에는

훨훨 타는 마른 장작 되어

벽난로 가득 불을 지피면 좋겠다

겨울나무의 고백

꽁꽁 언 두 손 하늘 향해 뻗고

시린 가지 홀로 울먹이고 있을 때

차가운 손 마주 포개준 따스한 손길은

당신의 뜨락에서 내려온 사랑의 불씨

겨울예찬

크고 넓은 품에 수많은 생명을 품고

묵묵히 긴 날 기다리고 서서

운행하는 창조의 신비를 보며

고요한 하모니를 들으며

좋은 생각으로 태교하며

해산의 날은 아직 멀고 추워도

질서에 순종해서 위대한 겨울이여

눈길

뽀드득 뽀드득 눈길을 가면

방금 목욕한 아가의

하얀 살결이 보인다

뽀드득 뽀드득 눈길에서는

하얀 이 드러내고 함박웃음 짓는

농부의 얼굴이 보인다

뽀드득 뽀드득 눈길위로 걸어가면

어느새 나의 미소도

눈길 따라 하얗게 채워져간다

샘쟁이 별

땅에도 별이 있으니

하늘별이 시샘을 하네

아기의 눈이 자기보다

더 반짝인다고

일찍 떠올라 사랑을

독차지 한다고

별이 왜 땅에도 있냐고

손자를 바라보며 투덜거리던

샘쟁이 별이 자꾸 작아지고 있네

사명

유난히 추운 겨울밤
장독 작은 단지 하나
가르는 소리 아프다
백년의 긴 세월
부뚜막에 오르내리며
이름도 빛도 없이 섬기고
자기의 수명을 다하고 낡아
덩그러니 몰골만 남아있다

사명을 다한다는 것은
알아주는 이 없어도
보이려고 애쓰지 않고
묵묵히 자기 몫을 다하고
소리 없이 속살 드러낸
작은 식초 단지처럼
그렇게 조용히 드려지는 것이다

(추운 겨울에 장독에서 깨진 촛병을 발견하다)

목화이야기

동글납작한 꽃잎 잦아들고

초록 빛 꿀 보퉁이 머금을 때도

이웃 돌보는 마음 가득하더니

창문 새로 웃음 새어나오는 집 앞에서

가던 길 멈추고 흐뭇한 웃음 짓는다

보리밥 한 양푼에 둘러앉은

초가집의 사랑이 숭늉처럼 따뜻하여

성큼 닥친 추위에 두툼한 솜 이불 만들라고

보송보송 솜뭉치 내려놓고 간다네

겨울하늘

봄의 설레임도

여름날의 열정도

가을의 출렁임도

커다란 보자기에 싸안은 하늘은

고즈넉하고 차분하다

봄날을 그리워하면

눈송이들 하얀 나비로 날아오고

여름날의 노을을 그리워하면

양지의 햇살 모아 난로 불 피워주고

가을의 충만함이 그리운 날엔

밤하늘 가득히 별을 불러내어

도란도란 지새우게 한다

겨울 안개

긴 밤 오가며 엮은

고독의 실타래를 풀어내어

앙상한 나무에게

은빛 목도리 걸어주고

들판을 달리며 움츠러든

풀잎의 사랑을 이어준다

얼었던 마음들이 도란거려

시린 가슴 마주대어 지어가는

훈훈한 겨울 이야기

아주 멀리로 번져나간다

별

차가운 바람이 잠잠한

겨울 호수에 물수제비를 뜨니

까만 벨벳위에 자수정 길이 만들어져

젊음들은 초대받지 않아도

괜한 설레임으로 오가며

얼었던 마음들을 마주하고

밤의 언어 속으로 잠기어간다

고독한 밤

어둠으로 가는 기차에 몸을 싣고 떠나면

작은 간이역에서 다정한 연인들을 만나고

쓸쓸한 가로등 아래서 떠난 이를 그리며

가슴 쓸어 내는 짙은 외로움도 만난다

첫사랑을 기다리는 산등성이에서

꺽꺽 우는 까투리의 슬픈 목소리

제집을 찾는 생명들은 오락가락한데

겨울바람에 흔들리는 내 안에 고독도

따사로운 초가집 아랫목에 머물고 싶다

고마운 밤

담장을 넘겨다보던 어둠이

성큼 침묵으로 온 누리를 담그면

지친 하루가 빗장을 닫는다

뒤척이는 삶의 무게들은 늘

쪼르르 매달려있는 고드름

곤한 몸 따사한 이불에 묻고 꿈꾸는 사이

밤은 아픔과 서러움을 멍석에 말아 안아

또 하나의 아침이 기지개를 펴게한다

113

첫눈

세상에 나온 너를 축복하는 첫눈은

너의 영혼을 닮아 맑고도 하얗다

자꾸 바라보면 녹아버릴까

호호 불면 날아가 버릴까

만지면 행여 더럽혀질까

걱정하는 할미의 마음을 알아

사뿐 사뿐 내려주는 작은 눈송이들

조각달

창백한 조각 달빛

겨울 호수에 내려와

소중한 추억하나 만지작거린다

가슴에 몰래 묻은 풋사랑

구겨져 희미하나 지워도 남는 흔적

잔결에 나직이 흔들리는 하얀 그림자는

너의 마음 헤아리는 그의 마음 이런가

눈송이

세상으로 보내지는 날은

가장 순결한 옷을 입고

꽁꽁 언 대지 위로 내려온다

저마다의 사명을 들고

들녘으로 산으로 화단 위로

머무는 자리가 오염된 곳일 지라도

선택의 여지없이 내려와 앉는다

너희 마음이 녹아지는 곳은

어두운 골목길도 별이 뜨고

흙탕물 고인 곳도 고운 샘이 되어

마알간 꽃송이가 피어오르리라

겨울 바람

문풍지 흔드는 바람 소리

한 맺힌 절규 민족의 애절한 노래

끈끈한 의지 곡선 있는 흐느낌

가슴 뜯어내는 애잔함 속에서

민족의 짙은 숨소리를 듣는다

겨울에는

뒤숭숭한 마음이라도 괜찮다

시린 가슴이 있어도 좋다

온몸이 추워졌을 때

따끈한 난로 앞에 앉아

그대가 들려주는 이야기로

영혼이 살찌는 계절이기에

회색빛 겨울

겨울은 회색 하늘을 닮아

비워낸 나무도 바다도

들판에 나부끼는 풀잎들도

잔잔한 호수에 차분한 물살 같다

다 내려놓은 빈터에 희망이 숨어있고

죽은듯한 산과들 뒷켠에는

푸른 꿈이 꿈틀거리고 있기에

내 마음에 회색의 그림자 드리워도

새날이 기다려지기에 절망하지 않는다

눈 내린 날

단숨에 달려 나온 악동들이
운동장 한켠을 차지하고
재잘거림이 눈사람처럼 커져간다

눈먼 사랑은 연인들을 부르고
어깨를 걸어 행복한 미래를 꿈꾸며
순결한 발자국을 눈길위에 남긴다

커피향에 담금질 하고 있는 중년은
두레박을 내려 깊은 우물 속
빛바랜 추억 하나 꺼내어 생각에 잠기고

자손들 출근길 걱정에
연신 창밖을 내다보는 노 할머니는
혼자 짐을 다 지신듯 하다

고향

만남과 이별을 가르쳐주고

한 수레 행복을 싣고와

매일 새날이게 하는 이

유년의 추억을 꺼내어

홀로 웃게도 하고 울게도 하며

또 한 날을 기대하게 하는 이여

별도 외로움에 떠는 겨울 밤

촛불 밝혀 긴 이별의 편지 쓰며

다시 풀어질 옷고름을 지그시 매본다

만월

그리움 가득
안으로 삼키다
터질 것 같은 가슴
숨길 수 없어
산등성이 위로
두둥실 떠오른 얼굴

온 땅을 고루 비추는
한결같은 함박웃음
그 환한 미소와
화사한 모습속에
언제나 즐거움만
가득한 줄 알았더니

커다란 두 눈에
가득 고인 눈물 보일 수 없어
구름속에 살며시
얼굴 숨기우고
만월이 되어
슬픈 비밀 노래하네

엄격한 겨울

겨울은 엄격한 삶의 교육을 한다
찬바람을 맞으며 잘 참아내고
근면 절약하는 정신을 보여주며
기다리며 인내하는 것은 일등이다

산과들의 생명을 품고 있는 겨울은
그들의 불평에 섭섭해 하지 않고
맡은 일에 최선을 다하며 고루 사랑을 주고
마음을 넓혀 껴안는 삶을 보여준다

다섯번째. 잎새의 고백

그대가 노년에 힘들고 지친 삶을 뒤로 하고
엄마 냄새를 더욱 그리워할 때마다
잎새는 나무를 따뜻한 품속에 안고
세상에서 가장 편안한 아기처럼
도닥여 잠을 재우는 엄마가 되리라

-나무와 잎새 中-

려린(麗璘)의 기도

현숙한 아름다움을 내게 주사

은은한 옥빛으로 빛나게 하소서

부어주시는 넉넉한 사랑으로

마른 땅에서도 순결한

백합화로 피어오르게 하소서

영혼이 잠들지 않고 깨어

기뻐 노래하며 그 앞에 나가

은은한 백향목의 향기로 흐르게 하소서

나무에게

만약에 나무가 먼저 떠나면

붙을 곳 없는 잎새는 땅에 떨어져

소리 없이 흐느낄 것입니다

이렇게 슬픈 날을 맞지 않도록

우리 함께 떠나는 날을 위해

어린 아이처럼 기도합니다

시간이 너무 빠르게 흘러

가야할 날이 가까움을 감지하니

눈가가 촉촉이 젖어옵니다

남은 시간이 얼마인지 몰라도

더 잘해주고 더 많이 배려하고

그리고 더 사랑한다고 말하며

나무의 손을 꼭 잡아 줄 것 입니다

나무와 잎새

고난의 골짜기를 함께 넘어오며
세월이 흘러 노년으로 가는 길에
어느덧 잎새는 엄마가 되어 있고
나무는 엄마를 좋아하는 아이가 되어있다

신혼 때는 누이동생 같은 나를
오빠처럼 따라다니며 보호해주다가
아기를 낳은 후에는 모든 걸 양보하며
서투른 육아에도 정성을 쏟았고
늦게 주신 자식 애지중지 믿음으로 교육하여
두 아들 잘 성장하여 행복한 가정을 이룬 것도
그대가 든든한 가족의 울타리가 되어 주었기 때문입니다

중년을 넘어 늦공부에 전념하는 누나를 보며
눈빛은 매일 연애편지를 쓰는 소년의 모습이더니
회갑이 넘으면서 잎새가 외출을 하는 날이면
툇마루에 앉아 엄마 기다리다 늦는 날이면
삐져 방으로 들어가는 아이가 되었으나
여전히 사랑스런 나의 배필 잎새의 나무

그대가 노년에 힘들고 지친 삶을 뒤로 하고
엄마 냄새를 더욱 그리워할 때마다
잎새는 나무를 따뜻한 품속에 안고
세상에서 가장 편안한 아기처럼
도닥여 잠을 재우는 엄마가 되리라

(노년에 행복한 부부의 모습을 그림)

더한 그리움

소나무 사이 초생달이 걸린 밤

그윽한 빛 받으며 백년을 살아온 저 나무처럼

우리 함께한 나날도 어언 35년이 흘렀어라

아픔과 고난과 슬픔도 많았지만

우리 안에 행복이란 보자기가 있어

허물을 싸안으며 지나온 시간 속에서

내가 그대이고 그대가 내가 되어

우리만의 마음속 거울을 함께 씻으며

영글어가는 나이테를 본다

유순한 달빛사이 그대와 나의 사랑이 깃든 밤

지나온 긴 날들이 오늘은 한 뼘 같아

가슴 밑바닥에 잠겨있던 진한 감사가 솟구친다

얼마인지 모르는 남은 날은

차가운 손 마주잡아 녹여주고

작은 숨소리 눈빛 하나에도 눈물이 고여

감사로 영글어지는 깊은 나이테 안으로 스미고

다 채울 수 없는 더한 그리움은 날개를 달고

영원의 나라로 흘러가리라

남은 자가 부를 노래

솔바람 소리에 그대음성 섞여 오고

나무 사이 작은 하늘에

그대 모습 아른거려요

은은한 솔 향기속에

그대 내음이 전해와

눈을 감고 이 길을 걸어본다오

밤을 지새운 작은 새의 흐느낌이

이른 아침 솔밭위에 이슬이 되어

방울방울 구르는 쓸쓸한 언덕에서

오지 않을 그대를 기다려본다오

꿈을 꾸듯 스쳐간 우리의 날들

설레임으로 가슴 뛰던 시간도

우리 함께 노래하던 그때도

다시는 올 수 없는 아련한 추억인가요

내가 슬픈 날

노래하던 냇물도 오늘따라

앙앙 소리 내어 울고

의연했던 나뭇가지도

손바닥을 치며 꺼억꺼억

뒷산 뻐꾸기는 구구구

오늘따라 더욱 애닳다

홀로 나는 흰나비도

눈가가 촉촉이 젖어 있고

화단에 장미꽃도

피 울음을 흘리고 서있네

내가 슬픈 날은 온 천지가

눈물바다가 된다

우리자리

높다란 산등성이 내리막길에

의연한 듯 엎드려 있는 두 바위

폭풍의 시련도 소낙비 같은 눈물도

태양 아래 살갗이 트이던 아픔도

모진 눈보라 헤쳐 나가며 외롭던 날도

두 손 마주 잡았기에 고난의 굽이를 돌아

회색의 투박한 이끼 안으로 영근 세월

커다란 등을 내놓는 바위가 되어

그대가 머문 그 자리에 나도 함께 있네

그대와 나 원래 모난 두 개의 돌

그분으로 인해 어색한 몸짓들이 부대끼며

비바람 태양과 눈보라에 맞서던 서른 다섯해

앙앙 거리고 투닥 거리며 갈려나간 자리에는

어느덧 둥글한 사랑의 흔적이 자리하여

투명한 거울로 속마음을 보는 눈이 열리고

서로에게 배려의 물결이 찰랑거려

매일 맑은 물에 발을 씻으며

영원히 머물 우리자리로 가고 있음이어라

진주 빛 사랑

언제부턴가 그대는
내 가슴에 길을 만들고
그 오솔길로 다녀갈 때마다
그리움의 언저리에
동그란 아픔이 둥지를 틀어
물결이 일 때마다 뼈를 깎는 내밀한 고통이나
병든 몸 드러내지 못해 가슴만 부여잡고
벗어나고픈 몸부림과 방황이
긴 시간을 오가며 문고리를 흔들어 댔다

기다림의 문이 열리고
잠겼던 슬픔과 고독의 시간들을 풀어 헤쳐
물볕에 씻어 말리는 오늘
비로소 나를 지으신 그분이
내게 준 비밀을 알게되었네
쪽빛 사랑이 무지개 되어
금빛 물결 위를 춤추어 날고
선연히 흐르는 은은한 빛깔들이
수평선 너머로 일렁이고 있다

이 아름다운 날들을 위해
기다리고 참아주고 토닥이며
여기까지 함께 온 그대
안으로 안으로 스며든 품위
은은한 쪽빛 내음의 향기로
더 현숙하고 덕이 있게
그대의 가슴속에 알알이 맺히리라

회초리

회초리를 든 날은 밤을 기다려

멍든 다리 몰래 보고 또 쓰다듬다

자식이 뒤척이면 놀라 잠든 척하고

또 다시 어루만지다 하얗게 새우던 밤

자식은 다리에 멍이 들었지만

부모 가슴에는 지워지지 않는 피멍이든다

우물

수십년을 한결같이 퍼올려도

마르지 않는 어머니안의 우물

어제는 속이 상해 퍼올렸고

그제는 가슴이 아파서 퍼올렸고

오늘은 그리움에 또 두레박을 내립니다

아버지의 눈물

껌뻑이는 눈으로 자꾸 먼 산을 보며

행여 약하게 보일 새라 헛기침을 한다

울지 않는 척 애써 허리를 곧게 세워 보지만

가슴속은 벌써 흥건한 강물에 젖어있다

그리움

교회의 종소리가 들려오면

추억은 어느새 맨발로 갯벌을 달려

숨이 턱에 차듯 수평선에 다다라

물빛에 그렁이는 노을을 만난다

굴뚝위로 뿜어져 나오는 실연기

손을 흔들고 올라가는 하늘가에서

혹여 어머니가 보일까 목을 빼어보는 오늘

글썽이던 눈에서는 또록또록 구슬이 구른다

쉼터

당신을 생각하면
기뻐집니다.
당신을 생각하면
슬퍼집니다.
당신을 생각하면
세상이 쉬운 것 같습니다.
당신을 생각하면
삶이 어려운 것 같습니다.
인생이 때론 불행하고
행복하기도 하지만
언제나 당신을 생각하면
내 맘에 쉼터가 되어줍니다.

노송

역사의 흐름 간직한 채

비바람 쏟아지는 언덕 배기에서서

수만의 천둥 번개 속에서도

꿋꿋한 기상으로 서 있는 자태

고독의 강을 건너며

쏟아지는 비난과

수많은 소리 듣고 보아도

커다란 어깨로는 품어주고

자상한 손으로 다둑이며

동산의 역사를 이어온 증인

듣기는 속히 하고

말하기를 더디 하여

그 입이 무겁고

나이테 속에 깊이 새겨진 학식과 덕

행실이 점잖고 어진 군자의 모습이어라

가시나무 새

마른 땅을 헤집고 올라온 꽃 한송이

방울방울 토해내는 핏소리가

나의 영혼을 흔들고 있다

단 한번의 노래를 부르기 위해

눈을 뜰 수도 없는 모래 바람과

살가죽을 후벼내는 태양도 삼키며

뼈가 녹아내리던 사막을 건넜고

혹한에 몇 가닥 남은 깃털마저 위태롭던

지독히도 외롭고도 고독했던 긴 겨울밤도

추위에 떨며 요동치 않고 응시하던 눈물은

끝내 안주하고픈 안일한 유혹도 밀어내었고

그대가 선택한 처절한 고통 너머의 그 가치는

한 생명을 세우는 마지막 피울음 이었다는 것을

가시나무인 나는 떨고 서서 바라 보고 있다

우렁 손가락

양손을 포갤때면 맨속에 들어가

쌕쌕 웅크리고 숨기만 하더니

하얀 접시위에 올라앉은 오색꽃들

우아한 미소 지으며 유혹하여

미각이 흥에 겨워 춤을 추던 날

쓰러질 듯 향그런 맛난 냄새와

스리 슬슬 넘어가는 감미로움이

그 손으로 지어낸 솜씨라는 것을

들켜버린 주인공 다린의 우렁씨

수줍어 인사도 못하고

또 다시 제집으로 숨어버린다

진주

언제부턴가 내 가슴에
아주 작은 비밀이 생겨
내밀한 가슴속에
파문이 일었습니다

그대가 만들어 논
동그란 언어 속에
그리움이
일렁일 때면

이 깊숙한 자리에
그대가 들려준
고은 빛깔들로
수놓아 집니다

뽀얀 우유 빛깔

쪽빛 하늘 빛깔

영롱한 무지개 빛깔…

그대가 내게 준

사랑의 빛깔이

하도 많아

작은 가슴 아파만집니다

행복한 할미

너의 눈은 동그란 호수

그 맑은 물을 바라보고 있노라면

어느새 내 몸은 호수 속으로 살며시 잠겨간다

헤어 나올 수 없는 깊은 유혹에 빠져

흘러가는 시간도 헤아릴 수 없으니

네 속에선 시간의 개념조차 사라져버린다

할미는 날마다 정갈한 물가에 내 몸을 맡기고

사랑스런 유혹에 빠져 행복에 겨운 노래를 부른다

향기있는 여인

옷차림이 검소하나

금으로 장식한 왕비보다 기품이 있고

섬김으로 투박해진 손은

부드러운 귀부인의 손보다 곱살하다

화평을 말하는 입은

단물이 샘솟는 깊은 우물과 같고

간간히 흐르는 조신한 미소는

바라보는 이들을 그 향기에 잠기게 한다

덕 있는 사람

세월의 뒤안길에서

닦여진 인품에는

가을녘 같이

넉넉한 미소가 있고

고난의 강을 건너 왔으나

초라하지 않으며

세상 것들을 내려놓았으나

영혼이 부요하고

위로부터 내리시는

기름 부음이 늘 흘러

가는 곳 마다 증인된 삶의

향기가 새벽이슬처럼 맺혀

주신 날 중에 그 노년이

더욱 복되고 아름다워라

자손들이 머리 숙여

인내와 겸손의 미덕을 배우고

사랑하는 이는 가슴에

보배를 품은 여인이라 칭찬하리니

미천한 여종으로 인해

지극히 높으신 이가 영광 받으시리라

다시 본 노을

아침에 돋는 해는

찬란함으로 눈이 부시고

한낮에 비치는 태양은

에너지를 마음껏 발산하지만

먼길을 걸어와 침묵하는 저녁 노을은

찬란함도 에너지도 다 비워내고

화해와, 용서와, 사랑과, 배려,

그 고귀한 언어들이 가득 담겨 있기에

저토록 마지막 빛깔이 아름다운가

병상의 고통을 넘어 바라본 노을 앞에서

나는 고인 눈물을 퍼올리고 있다

부부

죽음이 임박하여도 정신줄이 온전하여

내 곁을 지켜주며 실수까지도 보듬어준

사랑하는 이를 끝까지 기억하고 싶다

사명이 다하고 꼭 가야하는 날이 온다해도

내 옆에서 너무 슬프고 외롭지 않게

손잡고 있는 이가 그대였으면 좋겠다

부부로 맺어주시어 한길을 걸어오며

다툼과 화해와 고난과 기쁨도 함께하며

둘이었으나 나눌 수 없는 하나이기에

부르심을 입는 날도 한날이었으면 하고 바래본다

려린(麗璘)의 노래

하늘가는 조각배를 타고

오늘도 흘러가고 있습니다

어제는 붉게 타는 태양을

머리위에 이고 있었는데

이제는 저만치에 보이는 노을이

손에 잡힐 듯 그리 멀지 않은 듯합니다

누군가 인생이란 나그네길이라 말하고

더러는 슬프고 고단한 길이라고 하는데

긴 길에 그대와 함께 하였기에

행복하였다고 말하고 싶습니다

저녁 노을은 쪽빛 비녀로

머리를 단장하고

모시 한복을 곱게 입은

단아한 모습이어서 슬프지 않습니다

많은 사연을 가슴에 담았으나

들레지 않고 조용히 떠나는 노을

린의 마지막도 그런 노래가 되길 바래봅니다

평 설

前 한국기독교시인협회 회장
정 재 영

거미줄의 비밀

아무도 모르게 비단 실을 뽑아

밤새 놓은 자수위에

새벽을 타고 온 안개비

살포시 내려앉아 은쟁반이 되고

밤새운 그리움이 모여 영글은 이슬

마알간 구슬되어 맺혔네

순결한 덫에 내린 은빛 개비

사랑에 덫에 달린 은구슬

알알이 걸린 고운 풍경은

이른 아침 내걸린 숲속의 비밀

시인은 대상을 다른 시야와 시각으로 본다. 이것을 심미안 이라 한다. 적외선과 자외선처럼 일반 눈으로는 볼 수 없 는 낯선 부분까지 보는 능력이다. 이런 능력의 창작을 낯설 게 만들기라 말한다. 러시아의 형식주의자 쉬클로브스키 등이 대표적이다. 그런 영향을 받은 프라하의 야콥슨 등이 미국으로 건너가 20세기의 신비평의 주류인 엘리엇, 랜섬, 테이트, 리처즈 등의 시인들과 평론가들이 중요한 이론의 중심을 이루었다.

 이것은 결국 비친 숙성에서 컨시트(기발한 착상)를 찾는 것이다. 다른 말로 하면 자동전달의 의도적 배제다. 그것 은 일반적인 상상을 연상이라 한다면 시는 그 연상을 뛰어 넘는 창조적 상상이 필요하다는 말이다.

거미줄의 비밀은 곧 마지막 행의 진술처럼 '숲속의 비밀'
이라는 것이다. 비밀이란 알 수 없는 것을 말하지만, 실은
숲에 숨겨진 비밀을 거미줄에서 알게 되었다는 것이다. 거
미줄에 걸린 이슬이 외형상의 모습은 구슬이지만 동시에
구슬을 담는 은쟁반이 되는 것이다.

여기서 독자는 은쟁반에 담긴 구슬은 성경에서 말하는 은
쟁반 위에 금 사과(잠언 25:11)를 연상하게 된다. 그것은
거미줄에 걸린 이슬에서 창조적 존재의 능력을 가장 정확
히 알게 된다는 것으로, 숲의 여러 가지 비밀들을 함축한
모습으로 보여주는 암시성과 함축성을 동시에 숨겨 말한
다. 은폐시킨 비유, 즉 은유라는 수사법을 사용하고 있음
을 알게 한다.

가느다란 거미줄에 달린 이슬 한 방울에서 거대한 산의 이야기를 모두 담아내려는 절제된 언어가 곧 시다. 설명적인 요소가 강한 소설이나 평설과 반대로 시는 숲속의 비밀을 숨겨서 드러낸다. 다만 감각적으로 느끼게 할 뿐이다. 이처럼 시의 태도는 애매하게(ambiguity) 말하기 때문에 오히려 가장 정확하다는 모순적인 진리를 가진다.

 예시처럼 극히 작은 사소함에서 거대한 우주적 진리를 말하려는 이중성의 작업이 곧 낯설게 쓰기의 방법론이다. 이상반성의 통합성이 융합시론의 기초다.